KB069391

청어詩人選 203

혼자가 아니라서
더 예쁘다

김정희 시집

시인의 말

앞서거니 뒤서거니

비바람 불고
눈 내리는 도시에서
네가 있기에
가끔은 눈길 돌려 하늘 보고
때로는 꽃이 피는
길을 걷고 있다
뜨거운 햇살 속에서
생생하게 피어나는 코스모스
그곳에 어우러지는
고마운 너와
앞서거니 뒤서거니
오늘을 지나가고 있다

2019년 첫가을 문턱에서

차례

5   시인의 말

1부 이 발자국 들꽃 같기를

12   그 오래된 것에 넘어진 하루
13   어깨에 매달린 디지털시계
14   쪽배
15   바보 이야기
16   구름이 보낸 입장권
17   작아지는 큰소리
18   세상을 싣고 달린다
19   백지
20   오늘을 다시 서게 하는 밥
21   거짓말쟁이
22   담쟁이의 일기
23   내가 만일
24   이 발자국 들꽃 같기를
25   고백
26   아주 맑은 날에 빨래를 하였다

2부 돌 하나를 만나다

30 나도 그랬으면
31 구름이 간다
32 때론 눈을 감아야
33 집으로 가는 길
34 내일 피는 꽃
35 더 깊어질수록
36 눈꽃
37 돌 하나를 만나다
38 봉평 터널
39 옥천 하계리
40 가슴에 말은 한 끼
41 그곳에서 만난 그녀
42 화협 21세기를 거닐다
44 모래알
45 봄눈도 울었다

3부 너의 사막에도 봄이 온다

48 너의 사막에도 봄이 온다
49 가만히 내 옆에 오는 봄
50 봄의 향기
51 알람이 또 운다
52 그 향기 마당 가득히
53 봄 바다
54 어느 봄날
55 그냥 그대로
56 어부의 봄
57 오월이 네게
58 아침달
59 장봉도 사진을 걸다
60 숙이가 다시 걷고 있다
61 엄마의 마당
62 흘러간다는 것

4부 첫가을

66 인연

68 첫가을

69 손을 잡고

70 골목길

72 다시 굴러가는 해

73 아름다운 슬픈 소통

74 아침달 · 2

75 고맙습니다

76 일벌

77 시인의 겨울

78 혼자가 아니라서 더 예쁘다

79 그래 오늘이야

80 아침달 · 3

81 늘 곁에 있을 줄 알았다

82 붕어빵 한입 베어 물고

5부 바다거북의 먹이

84   낡은 집

85   해넘이

86   기와 꽃

87   숟가락에 묻어 기억 되는 맛

88   흔들리는 마른가지

89   대신 터미널

90   그가 있었다

91   첫눈이 오면

92   레드와인

93   전나무 숲길에서 만난 그녀

94   하지 못한 말

95   네가 보고 싶다

96   알맹이

97   오늘 그리움이 걷고 있다

98   바다거북의 먹이

100 **해설**
     봄꽃, 고래, 여럿이 부르는 노래
     _나호열(시인, 한국문인협회 표절문제연구
     위원회 위원장, 전 경희대 교수)

1부

이 발자국 들꽃 같기를

그 오래된 것에 넘어진 하루

스윽 나타난 해넘이 그림자
높은 빌딩부터 이불자락 펼치며
흰머리 뒤 꼭지에 바짝 따라 붙는다
아직은 눈부신 해가 남아 있는
낮은 지붕 옹기종기 둘러앉은 동네
낡은 파라솔 보다 오래된 사람들이
빛바랜 의자에 앉아 있다
빠진 앞니를 가리느라 크게 웃지 못하는
옆집 할매 눈가에
잊혀진 그림으로 걸린
멀리 서있는 앞산이 눈동자에 머물다
아무도 모르게 돌아선다
달려오다 넘어진 하루가
몇 알 남은 붉은 대추알 사이로
걸려 있다
그 오래된 것에 어떤 하루가

어깨에 매달린 디지털시계

마른 가지에 물기가 돌며
잘 띄지 않는 생명들이 움직이는
앙상한 나무가 서있다
세월의 무게가 내린
가지가 야위어 간다
그 어깨에 올라 탄
시간은 여전히 꿈틀거린다

유년의 내 꿈을 매달은
커다란 산이었던 땀내 나던 어깨
마른 풀잎만 남아 서걱거려도 듣지 않았다
아니 모른 척 했다

지금 그것이
디지털시계로 내게 달려
반짝거리며 나부끼고 있다

쪽배

출렁이는 파도에 아슬아슬
길들지 않은 쪽배가 뒤뚱거린다
몸을 가누기 위해
다리에 힘을 주고 있다
원룸이 가까이 보이는데
발길은 그곳을 지나친다
토닥이는 햇살 머무는
공원의자에 걸터앉았다
어둠이 사방을 에워싸
별이 쏟아져 내릴 때까지
그 자리에 꼼짝없이 있었다
쌩쌩 달리는 자동차 불빛에게
따뜻한 시선을 보내는 밤하늘
침묵하던 별이 하나 둘
등불을 밝히고
흔들리는 쪽배에 올라
힘차게 노를 젓는다

영차 영차 이영차

바보 이야기

저녁 먹었냐고 묻지 않는 남편에게
서운타하고
무관심한 자식이 야속하다
찔끔 나오는 눈물 삼켰다
보고픈 친구의 무심함이 섭섭하여
괜히 마음만 들볶는 나를 가만히 들여다본다
나도 그랬다
살갑게 말 한마디 남편에게 먼저 하지 않았고
자식 마음 생각하지 못한 채
세상의 잣대만 들이대고 앞세웠다
사느라 바쁜 친구 먼저 돌아보지 않고
내 아픔만 바라보고 있던
나는 바보였다

구름이 보낸 입장권

궁금한 것이 너무도 많아
소박한 여행을 다니던 뭉게구름
가지런히 모아둔 입장권
여우비로 뿌린다

어느 곳에선
품었던 미련을 떨치려 하는
누군가의 헛웃음이 되어
슬픔을 달래고
목마름에 생기를 잃었던
어느 이에게는
한 모금의 생명수가 된다

늘 함께하지만 수줍음 많아
잘 모습을 드러내지 않던 무지개
어제부터 기다리던 밋밋한 하루에게
다큐멘터리영화 포스터 한 장 걸어놓고
따라오던 첫가을 문턱을 지나가고 있다

작아지는 큰소리

육십이 다되었어도
아내의 핀잔이 서글픔으로
다가온다는 사람

숫자에 불과한 나이에
신경 안 쓴다면서
누가 물어보면 으쓱으쓱
어깨로 대답하는 사람

요즘이 한창이라 할 일이 많다며
얼룩진 안경에 의지하는 사람

소주 한잔 걸친 목소리 커지지만
큰소리 칠 줄 모르는 그 사람이
점점 작아지는 큰소리 치고 있다

세상을 신고 달린다

부르릉 부르릉
빠르게 오토바이가 지나간다
새벽 2시 어김없이 나타나
잠든 나를 깨운다
할 일을 다 하였는지
되돌아가는 소리가 다시 들린다
세상이 변하여 종이신문
보는 이는 줄었지만
이 새벽 어김없이 세상 소식을
전하려 애쓰는 것이 있다
어제의 소리가 다양하게 섞인
이 거리에서
갓 태어난 아이의 울음소리
여러 낱장 안에 가득 채워
잠 못 이루는 이의 새벽을 열며
또 다시 시동을 건다

백지

맨몸뚱이에 빽빽이 늘어선 글씨
새까만 상처로 뒤덮여
힘들어 하다가도
꾸물꾸물한 날의 내가
온갖 푸념을 늘어놓으면
말없이 안아주고
누구에게도 할 수 없는 이야기
언제든
툭 터놓게 하는 품 넓은 친구

겨울바람에 가슴이 저리고
꽁꽁 얼어붙는 날
다정하게 눈짓을 보내며
자잘한 글씨에 내린 속내를
가만가만 어루만진다

막 미끄러진 수다에
내가 훌쩍이자 같이 훌쩍이고
내가 웃자 같이 웃고 있다

오늘을 다시 서게 하는 밥

비싼 옷을 입고
맛있는 음식을 먹는
풍요로움에
행복하다고 말하지 못하는
뱃속 헛헛함이 떼를 쓰는 날이다

부족함이 많아 배고팠던 그때
괜찮아하던 다정한 한마디
포근하게 허기를 달래 주었다

김이 모락모락 나는 밥처럼
가슴까지 따뜻했던
그날의 말 한마디
지친 오늘을
다시 일어서게 한다

거짓말쟁이

세월이
그대로 있을 줄 알고
명품시계를 샀다
부(富)가
더 많이 늘어날까
명품가방도 샀다

딱히 구실도 못하는 것이
여기저기 긴팔을 휘젓고 다닌다

오늘도 TV 속 시계는
깜빡깜빡 초침을 삼키고 있다

담쟁이의 일기

내 잘못이 아니랍니다
바로 설수 없어서
기대어 섰을 뿐입니다
땅으로 내려놓지 말고
잠시만 기다려 주시면
곧 완성되는
푸른 소매가 달리 외투에
연두색단추를 달아 입혀드리겠습니다
그러면 당신도 시원하게 여름을
지낼 수 있고 비도 피할 수 있답니다
저도 그 옆에서
당신 그늘 고마워하며
같은 곳을 바라보다
혹시 그대 눈빛이 어두워진다면 내 눈이
그대가 원하는 곳으로 인도하는 안내자로
또는 친구로 하루 종일 쫑알대며
종달새처럼 곁에 머물겠습니다
잠시만 기다려 주세요

내가 만일

내가 황토색 흙이라면
갓난아기 새끼손가락만한 몸으로
품속 파고드는 땅강아지에게
엄마 냄새 나는
집 한 채 지어줄래요
아파트 사는 숙이 은이 정이
연립에 사는 옥이가
어떤 날 그냥 들러도 편히 쉬어 가는
그런 곳
부드러운 흙이
물과 손을 맞잡고 지은
지렁이 식구들도
마실 오는 그런 집이지요

이 발자국 들꽃 같기를

발자국 남기는
걸음 걷기가 두렵습니다
쏟아낸 말이 새겨진 발자국에
어떤 이는 눈물을 흘리니까요

한발 내딛고 좌우를 살펴봅니다
혹시 이발에 다친 생명이 있는지
발자국 때문에 상처 입은 이가 없는지
한발을 살며시 들었다 내립니다

다시 걷는 걸음이
다른 이의 아픔을 그대로 밟고 갈까봐
또 두렵습니다

오늘 걷는 이 한걸음은
누군가의 뜰에서
여유롭게 피고 지는
들꽃이 되었으면 합니다

고백

전광판에 210 번호가 뜬다
얼른 뛰어가 통장을 내미는데
문밖에서 뛰어와
탁자에 놓여있는 동전바구니 집어 들고
내 차례라 한다
청원경찰이 주는 번호표
고맙다 받았는데
동전주인이 자리를 비운사이
번호표가 심술을 부렸나
주인에게 마음 다해 미안합니다하였다
217 새 번호표
발갛게 달아올라 멋쩍게 웃는 나를
부끄럽게 바라보고 있다

아주 맑은 날에 빨래를 하였다

깨끗이 빨을 것이 너무 많아
무엇부터 할지 잠시 망설인다
이틀 신은 양말 옆에
오래된 옷자락을 내민 욕심이 서있다

무엇으로 빨아야 풀 먹은 것처럼
빳빳한 것이 길들은 수건이 될까

아이 눈에서 나오는 말간세제를 풀어
두 손으로 빨래판에 대고 빡빡 문질러
마실 수 있는 물에 여러 번 행구고
툴툴 털어낸다
햇빛 고른 줄에 널어 집게로 잡아주니
저도 편한지 앞뒤로 오락가락 한다

이젠 손수건처럼 편하게 개어 가방에 넣어도
군소리 없을 것 같다

배시시 웃던 네가 슬그머니 자리를 찾아
지난봄에 사온 햇발로 간이침대를 만들고
앉으라한다

2부

돌 하나를 만나다

나도 그랬으면
– 복숭아

서리꽃을 오래 품고
폭우를 달래며
뜨거운 칠팔월 햇볕을 삼킨
네가
아리땁게 익힌 것을
수줍게 내놓기에
참 예쁘다
삼복더위 기꺼이 안은 너를
눈곱만큼이라도 닮았으면

구름이 간다

창문 안에 머물던
구름 한 무리
두 눈에 담기도 전에
흘러간다

오래 보고 싶어도
기다려 주지 않던
동백꽃 같은
어떤 인연처럼

때론 눈을 감아야

눈이 따갑도록 빛나는 낮인데
아무리 눈을 크게 떠도
보이지 않는다

다른 눈을 가지지 않았는데
칠흑 같은 어둠속에서
두 눈을 꼭 감아도
보이는 것이 있다

멀어진 것이 그리워 질 때도 그랬다

타오르는 불을 끄고
시원하게 펑하고 뛰쳐나온
옥수수 뻥튀기 한방

동글동글 또렷하게
나 여기 있어 한다

집으로 가는 길

비 내리다 멈춘 날
버스정거장에서 만난 개미 한 마리
누군가 남긴 발자국 앞에 한참을 서있다
흐르는 물을 피해 옆으로 지나간다
참 힘들다 했지만 그것이 아니었다
집으로 가는 단 하나
길을 찾았던 것이다

낭떠러지 뛰어내리던 폭포수
낮은 곳에선 스스로
몸을 낮추는데
지금 나는
잘 가고 있는지
걷는 이 길이 바른 길인지
두리번두리번
고개를 돌려본다

내일 피는 꽃

깊숙이 들어 왔던 네가 가고 있다
함박눈이 가두었던 발걸음 떼어보지만
온기는 보이지 않고
아우성만 거리를 메우고 있다
잠시 길에 서서 그네들을 바라본다
신기루 찾아 떠돌던 나도
그 안에서 바라보는 나를 보고 있다
마주친 시선 속에서 불꽃이 일렁인다
기다리지 않아도 찾아오는 바람을 타고
버스 차창 밖 햇살 끝에
봄이 소리 없이 오고 있다
이젠 끌어안았던 너를 기꺼이 보내고
그대가 피울
꽃씨 뿌릴 밭을 일구어 놓는다
뿌린 꽃씨가 고르게 핀 말간 세상

그날을 만나러 서두르지 않는
오늘이 천천히 움직이고 있다

더 깊어질수록

눈동자 반짝거리는
까만 밤이 깊을수록
별이 환하게 웃는
네가 사는 곳에선
땀방울이 시계추를 날게 한다

돌아선 마음에도
살가운 정성이 닿아
기쁨이 가만히 전해오고
살얼음 속에서 고개 드는 새싹
네 곁에서 웃음꽃 피우고 있다

눈꽃

하루 종일 함박눈 버무려
한 잎 한 잎 빚어
추위가 추출한 유약을 바르더니
앙상한 나뭇가지마다
햇살보다 눈부신 꽃이 피었습니다
그 꽃을 따먹고 깔깔거리던
환한 어떤 날의 기억이
생생하게 빛나는 꽃밭을 채워갑니다
한줄기 빛이 사라진 깜깜함에도
은은한 달빛으로 피어나
겨울밤을 밝혀주는 그런 꽃이 피었습니다

눈꽃이 피었습니다

돌 하나를 만나다

공룡을 만났을지도 모를
그 오랜 시간
달라지는 여러 얼굴에
끈질기게 맞섰을 자갈하나
세월이 파도와 부대끼며 남긴
동전만한 몸뚱이
유심히 나를 바라보다
내 손에 조심조심 앉는다
주고 주고도
더 주지 못해 섭섭해 하던
수고가 고스란히 담긴
주름을 가진 사람

너를 안은 손이 바르르 떨다
야윈 어깨를 감싸며
가만히 속말을 전한다

봉평 터널

번쩍번쩍 불빛이 요란하다
어떠한 게임 속인지는 몰라도
나가고 싶지 않다
컴퓨터 속에서 자동차 경주를 하듯
운전대를 잡은 손에 힘을 준다
터널 안 불빛이 빠르게 지나가며
한 게임 더 남았다고 신호를 보낸다
잠시 후 이곳을 나가도 달라지지 않을
일상의 무료함을 잠시 잊게 한다
달려가는 이 길 끝에는
어떤 게임이 기다리고 있을까

옥천 하계리

푸르고 푸른 날
옥천 하계리 문을 열었다

마당 가득히 퍼지는 아그배꽃향기
뜨거운 햇살 매달은
빨간 보리수 주렁주렁 달려있다

오래 전
얼음골에 길을 만들어 가며
한 사람이 부르던 노래

구멍 숭숭한 돌절구 틈새로
가만가만 새어 나와
나직한 툇마루에 울려 퍼진다

가슴에 말은 한 끼

연신 입김 불어
작은 접시에 칼국수를 담는다
마주앉은 셋째와 넷째에게 주고
국물만 남은 큰 대접
남편 젓가락이 헛돌고 있다
옆에서 첫째 둘째 챙기던 아내
얼른 칼국수 곱빼기 주문하고
자기 그릇에 남은 국수 가락 건져준다
괜찮다고 눈빛을 보내는 남편
나도 괜찮다며 미소 짓는 아내
부부의 유년에도 이 장면이 있었다
아버지가 후 불어주던 수제비와
어머니가 꾹꾹 눌러 담은 따끈한 흰쌀밥
모락모락 더운 김에 말은 끼니를
부부는
가슴으로 먹고 있다

그곳에서 만난 그녀

봄이라 하는데
찬 기운이 옷 속을 파고든다
해가 바뀌고 처음으로 친구를 보러간 장소에서
돌 의자가 권하는 대로 가만히 앉는다
바삐 걷는 이들의 발길을 눈으로 뒤쫓다
멈추어선 눈길에서 나를 바라보고
서있는 그녀를 보았다
잊지 말아야 할 것을 잊고 살던 그녀가
가만히 다가와 나를 안아준다
햇살이 따사하게 내리기 시작한다
그 아래 깔깔대는 생동감 거느린 한 무리
머리카락 날리며 걸어간다
그들 속에 환한 잇몸 드러낸
어제의 내가 있다
청량리 시계탑 앞에

화협 21세기를 거닐다

깊은 잠을 자던 가녀린 영혼
열무씨앗 뿌리던 호미에 걸린
돌부리 넘어지는 소리에 놀라

아버지가 만들어 품속에 넣어 준
갈기 휘날리는 천마 두 마리 거느리고
하늘길 찾아 떠난 뒤
그 넋을 따라 다닌 그리움이
칠성판 위 횟가루로 봉인 된 관을 열어
몸 떠난 빈 집 세상에 내어 놓았다

스무고개 다 밟지 못한 채
삶을 버린 그림자로 유랑을 마치고
세월을 한 짐 져
울타리 밖으로 버린 강물이 되어
어느 날 곱디고운 치장 품 안고
그렇게 왔다

아쉬움도 미련도 뉘여 쉬게 하던
어머니 품속 같은 어느 황토 속에서
꽃다운 이십년 붙잡아 실타래로 엮어
가슴 멍울로 써내려간 이야기꽃
화려하게 시작된 21세기 무대에 올라
담담히 풀어내고 있다

화협옹주 : 1733년~1752년, 영조의 딸이자 사도세자의 누나

모래알

안개꽃송이만한 조약돌 굴러가다
장미꽃만한 돌에 막혀 멈추어 섰다

몸속엔 시간이 멈출 줄 모르고 쌓여 있다
태양이 찬란하던 순간 달빛이 춤추던 순간
네 안에서 똬리를 틀고 있다

앞을 막았던 돌은 아직 철없는 아이다
태풍에 휩쓸리고 소낙비가 침을 쏘며
파고 들어도 꿋꿋이 견디고 있다
휘청거리던 시간이 만들어 낸
땡땡이 무늬를 가진 작은 돌멩이

수천 번 만난 순간과 굴러가다
곱디 고운 모래로 강가에 앉아 있다

봄눈도 울었다
– 화협의 아버지

병마와 싸우는 딸의 고통에
애간장 봄눈처럼 녹이며
밤잠을 이루지 못해 뜬 눈으로 새우다
남모르게 울던 아비

그 애달픈 텅 빈 마음
앞 뒤 빼곡하게 새겨
안타까이 떠나는 딸의 품속에 넣어주고
차마 울음조차 내지 못해
평범한 아비이길 소망한 아버지

먼저 떠나는 딸을 잡을 수 없어
한 아비 마음이 녹아 눈물로 채운
지석 글자 하나하나가 흘러내려
황토를 적시고 있다

3부

너의 사막에도 봄이 온다

너의 사막에도 봄이 온다

풀빛 수혈을 받은
마른 가지에 망울이 피고
새순이 고개 든
연두색 하늘가를 돌며
봄을 기다리는
웅크린 이십대 어깨에 달린
사막의 젖은 모래

무쇠저울로 저울질하던
오늘이
고단한 하품을 하며 지나가고 있다

펌프질하는 새날
새것의 운전대를 잡은 네가
끝없는 모래벌판에서 찾은
오아시스
물비늘 뛰어오르는
빛나는 봄물이 넘쳐나고 있다

가만히 내 옆에 오는 봄

살얼음 올라탄 어린 싹
다소곳이 이웃하여 앉아
연한 풀냄새 풍기며
미처 알아보지 못한 내게
맛보라며 한 잎 떼어준다

알큰한 향이 입 안 가득 퍼진다

그새 와 있었는데 보지 못하고
문 앞에서 어정거리던 내게
어느 마트에서도 살 수 없는
청량함을 전해준다

닫혀 있던 문 활짝 열어
조용히 걸어오다 순식간에
나를 안고 달아나버린다

봄의 향기

온몸 깊숙이 봄을 빨아드린
진달래
연분홍으로 물들면

물러났던 꽃바람
다시 찾아와

너의 눈가에
내린 그늘마저
짙어진 향기 속에 가둔다

알람이 또 운다

누구의 날갯짓인지
늦은 새벽 날개를 털며
수탉도 아니고 시계도 아닌 것이
어김없이 찾아와 선잠을 깨운다
비가 내리면 오지 않을까
내심 기대했지만
활짝 핀 살구꽃을 흔들며
이른 아침에
알람이 또 울고 있다
그렇게라도
맺힌 응어리를 풀고 싶은 건가
익숙해진 알람에 맞추어
창문 문고리가 찰칵 열린다

그 향기 마당 가득히

입을 쭉 내밀고 앉은
하얀 오리 세 마리
어제 저녁까지도
입을 뗄 것 같지 않더니
하나가 눈 뜨자마자
긴 눈썹을 올리고
흰색 주머니 풀어
우아하게 향내를 쏟아낸다
먼발치 섰던 주근깨 나리꽃
못 본 척 하다
몸에 달린 새끼손톱만 한
점박이 향수병 뚜껑을 연다
머뭇하다 멋쩍게 내미는 손
살짝 잡아주는 오리 한 마리
멀리 날고픈 백합 향기
마당 가득히 퍼진다

봄 바다

깊은 바다 속
개흙에서 잠자던 키조개
탱탱하게 몸을 키울 즈음
해남 해녀들이 바빠진다
새벽도 달아나는 어시장
경매사의 목청이 외계어로 터지고
몸부림치며 손길 뿌리치는 꽃게
상자마다 넘쳐난다
거친 파도 부르는 바닷길
분주한 어부의 뱃머리에
순한 바람이 마중 나오면
비릿한 냄새 철썩이는 파도
가만히 내려앉는다
알 품은 주꾸미 찾아드는 바다에
뱃고동 울리는 눈부신 봄이 오고 있다

어느 봄날

그저 눈을 감았다 떴을 뿐이다
앞머리에 흰 가닥이 듬성듬성

할 일이 아직 남아있다
큰애 결혼
아직 학생인 막내
굳은살배긴 두 손 바라본다

더 단단해진 손마디에 걸친 잔주름
빠르게 지나가는 봄날 따라
하나 둘 늘어가고 있다

그냥 그대로

보이면 보이는 대로
아니 말간 몸을 그대로 보이며
슬프면 소낙비로 내리다
때로는 통곡하는 천둥이 된다

하소연하다 잠든 함박눈이
무안하지 않게 슬쩍 자리를 내준
어느 날
너무 맑은 마음을 내 놓은
너의 본심이 닿아
푸름 그대로
보여주고 있다

어부의 봄

도시의 우리네와 섞여
꽃을 달고 떠다니다
겨우내 기다린
바다에 내려앉는다

팔딱이는 생명이 가득한
거친 바다
튀어 오르는 물비늘에
파닥거리는 봄멸치
새벽 인사 건네는
아내의 간절함 실은
작은 어선 뱃머리에

바다로 나온 봄이
눈부시게 출렁거린다

오월이 네게

건널목 앞에서
멈칫거리는
눈보라치는 마음
스마트폰 타고 전해온다

돌아보니
미련 없이 잘 살아 왔다는
가슴에서 끄집어 낸 한마디
정적이 순간을 메운다

고장 난 몸
리모델링하러 가는 길
보온병 서너 개
옆구리에 채워주고

그래 더 잘살자며
연두 잎에 꾹꾹 눌러 쓴 편지
물오른 오월이
너에게 보낸다

아침달

조금 일그러진 모습으로
아직 기다릴 것이 있는지
돌아보고 또 돌아본다
일찌감치 떠나간 별은
보이지 않고
제자리걸음만 하고 있다

해가 기지개를 켠지도
서너 시간 지났건만
우두커니 그렇게 서있다
지켜보던 내 앞에서
해를 바라보며
그리움 놓지 않고 있다

장봉도 사진을 걸다

무궁화 꽃이 피었습니다
술래의 외침에 두 발은 앞으로 달리려 하고
술래 눈빛에는 얼음땡이 되어
사십은 넘어뜨리고 오십 손을 잡은
육십 소녀 소년들이 몸이 기억하는 놀이를 한다
소나무 숲 모래밭을 뛰어다니는 발자국마다
마른 가지로 다른 흔적을 남기고
거친 바닷바람에도 지워지지 않을 이 시간
찰칵
사진 한 장 속
떼 지어 나는 갈매기
그 앞에 배를 잡고 웃는 얼굴
얼마 되지 않은 내가
오래된 것 앞에 서서 찰칵 찰칵

숙이가 다시 걷고 있다

여기 왔다고 문을 두드렸을 것이다
사는 것이 바빠 돌아보지 못했다
슬며시 들어와 자리 잡고
주인행세 하였지만
그 또한 알아차리지 못했다
발버둥 치며 걷고 또 걸었다
점점 느려지기 시작한 발을 잡고
말썽 피운다 화를 냈다
어느 날 피 토하며 쓰러진 몸
그제야 미안함에 쓴웃음을 지었다
냉정한 미소 보이며 파고드는 너에게
으름장 놓고 애원도 하면서
지붕 끝에 매달려 수년을 살았다
오늘 비로소 떠나는 너를 배웅하고
쌓였던 근심 하나하나 떼어
대학병원 쓰레기통에 버렸다
시원하게 펼쳐진 파란하늘이
가슴 뛰게 하는 날
불빛 꺼지지 않는 거리를
숙이가 다시 걷고 있다

엄마의 마당

아침나절에 떠난 아들내외부터
점심엔 첫째딸네
그리고 막내딸까지
두 손 가득 들려 보냈지만
준 것이 없어 마음 편치 않다
반년 가까이 소식 없었던
막내딸 긴 눈물이 자꾸 걸린다

마당 군데군데 핀 봉숭아꽃 몇 잎 따
쿵쿵 찧어 새끼손톱에 올려놓는다
막내의 아픔이 봉숭아 꽃물에 녹아나
마당 한쪽에서 빙그레 웃고 있다
여린 마음 쉬어 가는 봉숭아꽃
가만히 날아온 어린잠자리 꼬박거리고 있다

흘러간다는 것

한 줌
힘껏 쥐어도

어느새
손가락 사이로
주르르 빠져나가는
모래알

일상의
부스러기 모아
시간이
만든 떡고물
늦가을 아침 햇살에 버무려

종종걸음 치는
내가
한 입 베어보지만
삼키지 못하고 온종일 물고 있다

4부

첫가을

인연

나는
산 중턱에 앉아 있는
늙은 바위
너는
그 곁에 서서
솔방울 날리는 노송

천년을 돌고 돌아
친구로 만나
두 손을 맞잡고
바라보고 있다

서너 달 남았으니
낯선 세상으로
여행을 준비하라는 말에
아무것도 할 수 없어
말없이 서있다

툭툭 비로 내리는 너를 안아
기지개 켜는 봄 햇살 아래
가만히 내려놓는다

오늘
내가 지은 밥 한 끼 같이하고
오랜 시간 뒤
나는 아름드리나무
너는 곁에서 노닥이는 종달새
다시 만나
깔깔깔 놀아 볼가나

첫가을

똑똑
떨어지는 빗방울
한껏 물은 초록 잎
창문밖에 걸어 놓은 지
사흘

똑똑
인기척에 달려갔지만
현관문 열기도 전에
가버렸다

손을 잡고

헤어짐이 싫어
무리를 이룬 조약돌
어둠이 다가와
찰싹 온몸을 때려도
무슨 생각에 잠겼는지
움직임이 없다
밀려온 물결이
철석 후려친다
그제야
비틀대며
친구의 손을 잡고
모이고 모여
버팀목으로 늘어선다
쿨렁대던 강 물결 잦아들며
숨소리마저 삼켜버린다

골목길

비 내리는 골목길 우산들이
자동차 한 대가 지나가자
몸을 벽으로 바짝 붙인다
여자의 눈과 마주친
벽에 붙은 낡은 간판 희미하게 서있다
허름한 문틈으로 목소리가 들린다
기웃거리던 여인이 삐걱대는 문을 열어
목소리 주인을 찾는다
커피 잔이 놓인 작은 책상
앉아있는 한 남자
여기는 뭐하는 곳인지 궁금해서
흐려진 말꼬리를 잡은 남자가
여기는 참사람이 모이는 곳이지요
네 참사람이요 놀란 눈으로 쳐다보는 여자

저녁이면 줄지어 들어온 책가방들이
주인의 자리를 찾아 분주히 움직인다
늘 지나다녔지만 10년 만에 처음으로 알았다
그동안 많은 이들이 이곳을 드나들며
마음의 허기를 달랬을 텐데
가슴 자락을 평평하게 밀어낸다
말아 오르지 않도록 꾹꾹 눌러
더 넓게 펼친다

다시 굴러가는 해

몸뚱이보다 수십 배는 큰 먹이를 끌고 가는
젊은 일개미에게서 눈을 뗄 수가 없다
꿈속인가
갑자기 숨을 토하려 애쓰다
풀린 동공이 다시
자리에 눕는다

주차 관리하는 한 청년의
뺨맞는 뉴스 장면이
머릿속을 헤집고 다닌다
잠을 설치다 시린 눈을 뜬다

새벽 출근하는 이십대 아들 어깨에
투명한 이슬이 반짝거린다
한동안 뒷모습 좇아가던 내 눈길 끝에
떠오른 해가 다시 굴러가고 있다

아름다운 슬픈 소통

오늘 소변 몇 번 보셨어요
김치가 없어서 못 먹었어요
아니 소변 몇 번 보셨냐고요
글쎄 김치가 냉장고에 없었다고요
화장실 몇 번 다녀오셨어요
아 밥을 못 먹었다니까
저녁 못 드셨다고요
잘 드셔야 빨리 집에 가시는데
김치가 없어서 밥 못 먹었다
오늘 밤도 어제와 같은 말을
되풀이 하고 있다

오늘 다섯 번은 갔다 온 것 같아요
옆 침대에서 들려오는 소리
그렇지 맞아 앞 침대에서 맞장구를 친다
간호사는 알았다는 듯 미소를 짓는다
대화는 허공을 떠돌다
파란 잉크를 채운 볼펜으로
종이 위에서 헛발질하다 미끄러진다

아침달 · 2

흰 구름 옆에 존재감 없이 서있다
벌써 해가 찾아 와
시간이 꽤 흘렀는데
누굴 기다리는지 연실 돌아본다

삐뚤어진 몸 미처 감추지 못하고
까치발 들고 서있다

투정 부릴 때도
빠진 앞니 감추려
무던히도 입을 막던 어머니

그 모습이 저 하늘에
걸려있다

고맙습니다

인적이 드문 이른 아침
속도를 올리던 가슴이
브레이크를 잡는다
탯줄로 연결 된 자궁 속으로
능선을 따라 천천히 걸어간다
힘겹게 도착한 곳에
시간과 어느 정도 얼굴을 익힌
그들이 인사를 한다
잘하고 돌아오세요
응급실 전문이의 말이
귓속을 뚫고 들어온다
심장이 좀 탈이 났단다
주인을 잘 못 만난 것이
기계 앞에서 긴장하고 있다
돌아온 응급실에서 들렸던
따뜻한 그 말
잘하셨어요

일벌

기운을 잃고
비실거리는 벌 한 마리
앞으로 걷기를 하다
날아보려 날개를 펼친다
앞을 응시하고 발을 움직인다

무엇을 찾는지 사방을 돌아본다
벌은 바삐 움직이는데
주변은 너무도 조용하다

지쳐가는 줄 모르고
뛰고 또 뛰어다녔던
구부정한 허리
흔들리는 어깨를 가진 사람이
낙오된 벌과 나란히 서있다
양쪽 날개가 있어도 날 수 없는
일벌이 조용히 눈을 감는다

시인의 겨울

그래 그랬다
그렇지 않은 것이 너무 많아
세상에 조금 미안하여
더워도 덥지 않은 척
추워도 춥지 않은 척
아파도 아프지 않은 척 하였다

허름해진 잠바
다행히 밉지 않게 모양이 있는
그것을 입고 길을 나선
어깨를 꼿꼿이 세운 사람이
눈 덮은 빙판을 걷고 있다

눈동자 깊숙이 담은 마른 얼굴
늦은 점심을 먹은 입술이 지은
옅은 미소가 따라온다
뒷사람 앞에서
작은 길을 만들던 그가
흰 눈이 내리는 언덕을 오르고 있다
눈사람이 되어 걷고 있다

혼자가 아니라서 더 예쁘다

심심한 빨간 거리
연하게 물들이는 너

실눈 비비고 일어나
수줍게 피운 꽃잎 흔들어
먼저 어우러진다
출렁대는 거미줄 뛰어가는
내 비틀걸음 잡아
잠시 쉬어가라 하고
여기저기 흐드러져
꽃눈깨비 풀풀 날린다

혼자가 아니라서 더 예쁘다

그래 오늘이야

오늘을 뜨겁게 살아야 한다는
호스피스병동 간호사 말이
종일 따라다니다
가슴에 똬리를 틀었다

민머리가 된 것이 부끄럽다며
대문 밖을 나가지 않던 어머니
마음대로 움직일 수 없는 손으로
문병 온 친구에게 내민 두유 하나
맛있게 먹는 것에 고마워하며
검붉은 가을 햇살 따라
노을이 되었다

하늘 한복판에 걸린 해가
병실 창가에 내려
해맑게 잇몸을 드러내며
오늘을 뜨겁게 비추고 있다

아침달 · 3

어떻게
반복되는 너에게
조심스레 물어본다
아직 떠나지 못한 아침달
대답 대신 빙그레 웃는다
따라 웃고 싶지만
슬픔이 가만히 전해져 웃을 수 없다
떠나고 싶지 않아도 떠날 때를 놓치면
더 아프다는 걸 알기에
서서히 몸을 숨기는 저 달
어느 날 찾아올 이별을 연습하고 있다

늘 곁에 있을 줄 알았다

길가에 서있는
낯익은 거리 간판
까마득하게 잊었다
매일 그 자리에 있었기 때문에
언제나 그럴 줄 알았다

갓 지은 하얀 쌀밥에
밥상에 없던 멸치볶음 담긴 도시락
책가방에 넣고 좋아서 뛰어갔다

겨울 창가에 찾아오는 햇살처럼
늘 곁에 있을 줄 알았던
이제는 들을 수 없는 듣고 싶은 잔소리
기억은 생생한데 귀에는 들리지 않는다

붕어빵 한입 베어 물고

너에게
밥 한 끼 살 줄 알고
꽃 한 송이 사줄 줄 아는
봄풀 냄새 풀풀 풍기는 사람

어느 겨울하늘의
푸름을 가진 환한 얼굴로
붕어빵 한입 베어 물고
반가움에 팔짝뛰며 손짓하는 사람

그 품에 어린아이도 달려와
안기는 그런 사람

5부

바다거북의 먹이

낡은 집

처음엔 멋진 신사였다

허름한 옷차림 하고
반백년 넘게 한 곳에 서있다

물 빠진 양철지붕 페인트
듬성듬성 얼룩지고
이 빠진 처마자락
비바람에 덜컹거린다

넓어진 이마에
몇 가닥 남은 머리카락 쓸어 올리는
훨씬 더 오래된
낡은 집

해넘이

네가 넘고 있는
서산 등성이 붉게 타고 있다

한 발 두 발을 내딛었을 뿐인데
둥그렇던 네가 반달이 되었다
다시 한 발 내딛고 고개 드니
이내 사라진다

더 남은 발자국
차마 들지 못한다
모양 빠진 발자국이 남겨질까
발에 묻은 티끌을 털어낸다

아직은 쉬엄쉬엄 오라며
저 먼 곳에서
깜빡깜빡
수줍은 눈부심이 신호를 보낸다

기와 꽃

수십 년 가까이
비와 눈이 흘린

눈물 섞인 땀방울

채색 없는 바람 무늬에
피어난 검은 꽃

당신 얼굴에
낡은 기와에

무뚝뚝하게 피어있다

숟가락에 묻어 기억 되는 맛

보글보글
보내온 정성이 구수하게 피어
입맛 다시게 하는 청국장 한 그릇
오래전 손맛이 느껴진다
입에 넣고 한참을 물고 있었다

메주 쑨 다음날 가장 따뜻한 곳에
새색시마냥 얌전히 숨어 있는 너를
냄새 난다고 구박하며 슬쩍 발로 밀어내고
네 자리 탐내다 야단맞았다

사나흘 지나 밥상에 나온 널 보고
손대지 않다가 한 숟가락 맛보면
밥 한 그릇 뚝딱 사라졌다

모락모락 피어난 김이 서린 밥상
허공을 향한 숟가락에 묻어 기억되는 맛
식구들이 모인 사진 속
그날 밥상에 앉아 있다

흔들리는 마른가지

막 출발한 버스
기사의 목소리가 높아진다
카드 찍으셔야지요
양복을 차려입은 노신사
내 안 찍었는가 찍었구만
카드 단말기를 지나친 노인은
끝까지 카드를 찍었다 한다
안 찍으셨어요 던져진 한마디에
벌개진 얼굴이 카드를 찾는다
한동안 뒤적이며 찾아낸
곱게 접은 오천 원짜리 지폐
야윈 가지에 매달려 떨고 있다
잔돈이 없다는 목소리 따라
노신사가 휘청대며 자리에 앉는다
버스 따라 흔들리는 마른가지
반달이 따라와 비추고 있다

대신 터미널

30년 전 거리가 서있다
노란꽃잎 나란히 피운 민들레다방
며칠 전에 없던 간판이 걸렸다
낯익은 편안함이 이끌어 들어선 곳
여사장의 반가운 인사에 목례를 마치고
가장자리 창가에 앉았다
신속배달 원두커피 삼천 원
삐걱대는 간판의 조합이 매달린
창가에 맞닿은 버스정거장
건너편에 마주한 간이 터미널이 손을 멈추고
빈 건물만 남았다
오래 열어 놓았던 문을 닫고
모자란 마음 삼킨 깜박임을 잃은 빈 눈
북적이던 앞이 텅 빈 채 발길이 끊기었다
지금은
누구의 옷깃에 매달려 있을지 모를
촘촘히 사람사이 누비던 이야기
기다리는 시내버스에 실려와
내게 들려주었으면

그가 있었다

찰칵 찍을 때 보지 못한 것이
눈을 뜨고 나를 본다

카메라 놓고 천천히 바라본다
누군가 지나간 자리마다 생긴
보이지 않던 희미한 자국이
선을 그으며 가고 있다

닳아버린 신발로 뛰어 다니다
지나는 자리에 하나 둘 실핏줄 남긴
뜨거운 세월을 업고 달리던
섬세한 그가
숨죽이고 서있다

첫눈이 오면

첫눈이 내린다

일 년 내내 가슴에서 내려가지 않던
체기가 조금 뚫렸는지
간간히 배설하는 눈발
땅에 딛자마자 이내 자취를 감춘다

불덩이 삼키고 자신을 태우다
그동안 애써왔던
굼뜬 시름 가라앉히고
껍질만 남아 바스락거리는 낙엽

내리는 눈발에
붉은 콧등이 젖어들고 있다

레드와인

12형제 중 가장 못난 손가락
무거운 겨울옷 하나하나 벗으며
깊은 향을 풍기는
레드와인 닮은
속 깊은 2월

따사한 눈길 한 번 제대로 받지 못한
희멀건 너의 얼굴에서
3월의 그림자를 보았다

가진 것 다 내주고
애꿎은 손등만 비비던 네가
소파에 누워 깜빡 잠이 든다

잔잔하게 꽃송이 톡톡 터지는 꽃길에서
덩실덩실 춤을 추고 있다

전나무 숲길에서 만난 그녀

부러진 나무
밑동 위에 남겨진 몸뚱이
조각으로도 표현할 수 없어
속살을 풀어 내놓고
잘려나간 긴 몸 옆으로 누워
남은 껍데기 지켜보며
육백년 지켜온 터전에
마지막 마음까지 담아
바람도 낙엽 따라 찾아 드는
빈 가슴 훤히 보이고 있다

먼 사람이 된 그녀
맑은 11월 하늘 바라보며
네 옆에서 웃고 있다
전나무 향 겹겹이 내리는
월정사 전나무 숲길에
헐렁한 이빨 수줍게 드러낸
아름다운 그녀가 서있다

하지 못한 말

괜찮아 괜찮다고
가슴이 방망이질을 해댄다
영하 10도 추위보다 싸한 바람 옷 속을 파고든다
20년 가까이 만났는데 서먹함 감출 수 없다
낯선 거리감에 뒷걸음질 친다
가슴이 문을 열어 답답함 내보내고
늦은 어색함이 도시를 거닐다 돌아와
놓지 못하는 안쓰러움과 서있다
다시 안아 주는 순간이 오기를
지하철 승강장에 내린 침묵이
소음과 어우러져 말하지 못한 것을 써내려간다
함께 울고
함께 웃자

네가 보고 싶다

보고 싶은 것만 보고
듣고 싶은 것만 들으려하는
껍데기 말들이 뻥튀기 기계 속에서
펑 펑 튀어 오르는 세상 속

추위에 떠는 겨울 이야기에 귀 기울이고
속말에 가슴 열고
수줍게 피어나는 매화

이른 봄 숨결을 걸어놓은 꽃망울
투명한 거울 그 속에 서있는
네가 보고 싶다

알맹이

어떤 모습을 가졌을지
벌컥 겁이 났다

두려웠지만
기다렸다

오랫동안 보듬어 준
시간을 믿고
스스로 껍질을 깬
여리고 푸른 알맹이

꿈을 실은
금빛 날개를 활짝 펼치고
파란 하늘로 가뿐히 날아간다

오늘 그리움이 걷고 있다

손님이 준 매운 컵라면 소주 한 병에
세상 다 얻었다며
비닐봉지 높이 들어 가볍게 흔든다

후끈거리는 열기에
땀방울 엉긴 모자 털어내며
아들과 함께 온 여행자가 부러워
눈길 떼지 못하는
중년의 여행 가이드

가족과 떨어진
먼 타국의 깊은 밤
헛웃음이 흘린
술을 마시고 있다

중동 사막에서 달러를 벌던
젊은 기러기 떼
훨훨 날아간 텅 빈 하늘아래
보고픈 가족
흰색 배낭에 짊어진
기러기 한 마리

앞서 걷고 있다

바다거북의 먹이

편하다고
늘 손에 들고 다니던 일회용 커피 잔과 빨대

바다거북 코에서 뱃속에서 꿈틀대는 플라스틱 덩어리

내가 사용한 것이 바닷길을 막아 생긴
쓰레기 섬에 갇힌 바다거북
죽어가는 고통소리에 가던 길 멈춘 성난 파도

하늘 너머 바다 건너 스마트폰 뉴스 화면마다

바다거북 우는 소리
바다 신음소리

철썩철썩 후려치며 밀려드는 파도
입 닫은 가슴이 비명을 지르고 있다

해설

봄꽃, 고래, 여럿이 부르는 노래

_나호열

(시인, 한국문인협회 표절문제연구위원회
위원장, 전 경희대 교수)

봄꽃, 고래, 여럿이 부르는 노래

_나호열

(시인, 한국문인협회 표절문제연구위원회 위원장, 전 경희대 교수)

시와 시인

　한 편의 시는 그 시가 담고 있는 내용과 형식 그리고 비유의 적절성에 의해 그 값어치를 평가 받는다. 그에 비해 한 권의 시집은 개별 작품의 수월성을 넘어서서 마치 완성된 그림 조각퍼즐처럼 큰 이미지 하나를 보여준다. 개별 작품에서 언뜻 비쳤던 시인의 그림자가 시의 집, 시집詩集에 이르러 보다 선연한 풍모로 다가오는 것이다. 한 편의 시가 다루는 사건과 사물의 이야기가 감지하지 못했던 시인의 세계관과 삶의 대응방식, 더 나아가서 시인이 꿈꾸는 세계가 담겨질 때 한 권의 시집은 반짝이는 보석이 될 수 있다. 그러나 '누구나 시를 쓸 수 있지만 시인이 되는 것이 아니다'라는 언명은 보다

세밀한 분석이 필요하다. 시인을 포함하여 예술가는 안일한 구습舊習을 타파하는 형식과 내용을 아우르는 새로움에 대한 열망과 긴장에서 자유롭지 못하다. 또한 이 새로움과 더불어 자신이 구축한 세계인식의 일관성과 통일성이 길항拮抗한다는 사실로부터도 자유롭지 못하다.

　음악이나 미술과 달리 문학은 의미(뜻)를 지니고 있는 언어의 속성 때문에 언행일치言行一致의 트라우마를 견뎌내야 하는 의지의 실험임을 함축하고 있기도 하다. 이런 점 때문에 독자의 호불호好不好에 상관없이 시인은 일관성과 지속성을 작품을 통해 투시하는 노력을 가볍게 생각해서는 안 된다. 이런 관점에서 김정희 시인의 시집 『혼자가 아니라서 더 예쁘다』는 이전의 시집 『너도 봄꽃이다』(2013), 『고래에게 말을 걸다』(2015)와 결코 떼어놓고 생각할 수 없는 연관성의 특징을 지니고 있다. '봄꽃'이 상징하는 인내와 부활, '고래'가 함축하고 있는 광활한 자유, 그리고 『혼자가 아니라서 더 예쁘다』에서 두드러지게 드러난 '여럿' 즉 함께하는 삶에 대한 희망과 실천이 만개하고 있음을 주목해야 한다.

봄꽃과 같은 존재의 의미

　겨울이 길수록 봄에 대한 열망은 크다. 다시는 소생할 것 같지 않아도 봄은 어김없이 찾아오기 마련이어서 봄은 끝끝내 희망의 상징인 것이다. 북 아메리카의 체로키족은 3월을 '마음을 움직이는 달'이라고 했고, '한결같은 것은 아무 것도 없다'고 아라파흐 인디언들은 새로운 생명이 약동하는 세상을 깊게 바라보았다. 시집『혼자가 아니라서 더 예쁘다』의 75편의 시 중에서 '봄'과 관련된 시들이 다수 목도되고 있는 바, 이를 뒤집어 본다면 오늘날 다중多衆의 삶이 찬바람이 불고 얼어붙은 동토와 같은 신고辛苦로 가득 차 있음을 인식하고 있는 것이며 그만큼 낮은 곳에서, 소외되고 잊혀진 그 자리에 서서, 그럼에도 봄을 기다리는 희망을 버리지 않는 시인의 꿋꿋함을 보여주는 것이다.

12형제 중 가장 못난 손가락
무거운 겨울옷 하나하나 벗으며
깊은 향을 풍기는
레드와인 닮은
속 깊은 2월

따사한 눈길 한 번 제대로 받지 못한
희멀건 너의 얼굴에서
3월의 그림자를 보았다

가진 것 다 내주고
애꿎은 손등만 비비던 네가
소파에 누워 깜빡 잠이 든다

잔잔하게 꽃송이 톡톡 터지는 꽃길에서

덩실덩실 춤을 추고 있다

– 「레드와인」 전문

시인은 2월을 붉은 와인으로 물화物化하면서 겨울의 끝과 봄의 시작, 고통의 끝과 희망의 시작을 달콤한 술이 주는 취기醉氣와 그 취기로 말미암아 깜박 든 잠으로 이어가는 감각적 표현을 보여주고 있다. 그리고 꿈속에서 꽃송이 톡톡 터지는 꽃길에서 춤추는 또 하나의 자아를 출현시킨다. 꿈은 심리적 압박이나 결핍에서 피어나는 꽃, 아직 피어나지 않은 봄꽃이다. 절망 없이 희망은 피어나지 않는다. 희망이 간절하지 않으면 행복은 찾아오지 않는다. 행복이 소중한 이유는 행복하지 않은 시간이 더 길기 때문이며. 행복은 순간에 사라져 버리는 속성을 지니고 있기 때문에 더욱 소중한 것이 아니겠는가.

고래가 품은 바다와 같은 세상을 꿈꾸며

겨울을 견디고 피어나는 봄꽃은 신산한 삶을 견디며 꿈을 잃지 않는 우리 이웃을 닮았다. 무한경쟁의 소용돌이 속을 헤쳐 나가는 젊은이들, 비정규직 노동자들, 장애자들, 노후가 보장되지 않는 독거노인들, 그들 모두 불러지는 이름은 다르지만 사람다운 삶—동등한 지존감을 보장받는 삶—을 추구하는 꿈은 하나의 대동사회大同社會(유토피아), 공동체적 삶을 향해 나아가는 것이다. 김정희 시인은 그의 두 번째 시집 『고래에게 말을 걸다』에서 공동체의 삶, 평등한 삶을 바다로 표징하고, 그 바다를 향해가는 우리를 '고래'로 인식함으로써 휴머니티의 실체를 보여주고자 하였다. 다시 시인이 포착한 '고래'의 의미를 반추해 보자.

그렇게 쉽지는 않다
언젠가는 먹이가 될 줄도 안다
그래도 하고 싶은 말이 있다
목에 힘을 주고 앞에 선다
이 곳에서
함께 숨 쉬고 걷고 싶다고
눈짓을 보내다
어렵게 한마디 한다
더불어 살자

– 「고래에게 말을 걸다」 전문

고래는 포유류이면서도 바다에 사는 거대 동물이다. 바다는 육지와는 달리 역동적이며 그 역동적 바다를 고래는 유유히 떠다닌다. 우리에게 바다와 고래는 자유의 상징이면서 머무를 수 없는 이상理想의 세계이다. 나무와 꽃과 같은 식물적 이미지로 전환되는 국면은 시인이 당면하고 있는 현실이 조금 멀러서 정적靜寂으로 관조하기엔 급박한 상황임을 암시한다. 바다에서 고래는 최상위 포식자의 위치에 있다. 바다를 지배하고 한곳에 머무르지 않는 고래는 시인에게 있어서는 이루고 싶은 꿈의 상징인 동시에 나를 겁박하는 갑의 또 다른 이름일 수 있다. 갑이 되고 싶은 열망은 시인 앞에 공포스럽게 서 있는 갑(고래)에게 굴복할 수밖에 없는 난경에 처해질 수 밖에 없어 '어렵게 한 마디 한다/ 더불어 살자'는 화해의 한숨으로 뒤바뀐다. 『너도 봄꽃이다』에서 『고래에게 말을 걸다』로 이어지는 시간의 영역은 오늘의 세계가 더 냉혹하고 부조리한 국면으로 치달았음을 증언하는 전쟁터가 된다. 말할 나위 없이 그와 같은 국면은 극대화된 자본주의가 곳곳에 또아리 틀고 있다는 사실에 다름 아닐 터이다. 턱밑까지 차오른 부조리 앞에서 동화同化와 투사透寫라는 서정시의 본령은 제 자리를 찾기 힘들다. 세상사를 수긍하고 관조하기엔 오늘의 삶은 핍진 그 자체라는 인식이 곳곳에 선혈처럼 남아 있음은 참으로 눈물겨운 일이 아닐 수 없다.

  ─ 「봄꽃에서 고래 사이의 삶의 기록」에서 발췌

  우리는 마땅히 고래가 되어야한다. 망망한 대해를 가로지르고 자맥질하며 유유히 살아가는 자유! 그러나 우리는 여전히 '수 천 번 만난 순간과 굴러가다 / 곱디고운 모래로 강가에 앉아 있는'(「모래알」마지막 부분)힘 없는 수동적 존재이며. 처음 엔 멋진 신사였다가 반백 년 가까이 살면서 '넓어진 이마에 / 몇 가닥 넘은 머리카락 쓸어 올리는 / 훨씬 더 오래된'(「낡은 집」 부분) 쇠락해가는 낡은 집이 되어가는 운명을 거스를 수는 없다. 이 점을 짚어본다면 여기 고령화 사회가 야기하는 수명연장의 이면裏面에 자리 잡은 수동태의 삶, 낡고 쇠락해가는 아픔을 조명한 시를 살펴보지 않을 수 없다.

오늘 소변 몇 번 보셨어요
김치가 없어서 못 먹었어요
아니 소변 몇 번 보셨냐고요
글쎄 김치가 냉장고에 없었다고요
화장실 몇 번 다녀오셨어요
아 밥을 못 먹었다니까
저녁 못 드셨다고요
잘 드셔야 빨리 집에 가시는데
김치가 없어서 밥 못 먹었다
오늘 밤도 어제와 같은 말을
되풀이 하고 있다

오늘 다섯 번은 갔다 온 것 같아요
옆 침대에서 들려오는 소리
그렇지 맞아 앞 침대에서 맞장구를 친다
간호사는 알았다는 듯 미소를 짓는다
대화는 허공을 떠돌다
파란 잉크를 채운 볼펜으로
종이 위에서 헛발질하다 미끄러진다

— 「아름다운 슬픈 소통」 전문

언제부터인가 어렵지 않게 우리는 요양원과 요양병원의 간판을 마주하게 된다. 공동체 삶, 다시 말해서 농어촌의 와해로 빚어지는 도시화. 핵가족화는 가족의 의미마저 퇴색시켰다. 건강을 지키고 무력한 이들을 보호한다는 이른바 복지사회의 구현이라는 상찬賞讚도 있지만 신 고려장이라는 냉소 또한 혈연의 무색함을 드러내기에 부족함이 없다. 가족 간의 단절과 소외는 우리가 마주한 또 하나의 운명일지도 모른다는 생각이 우울에 젖게 한다. 위의 시는 치매를 앓는 노인의 일상을 그리고 있다. 대화는 겉돌고 무의미하다. 대화는 허공을 떠돌고 의미 없는 대화는 삭제되고 의례적 확인 점검의 절차만이 남는다. 그럼에도 시인은 이 시에 「아름다운 슬픈 소통」이라는 제목을 달아놓았다. '아름다움'과 '슬픔'은 등가等價이지만 모순개념은 아니다. '아름다워서 슬프다'는 문장과 '슬퍼서 아름답다'는 문장은 진술의 차원에서는 사실이 아니지만 정서의 차원에서는 얼마든지 의미망을 포착할 수 있다. 아마도 시인이 의도하는 바는 대화자 간에 서로의 언명(진술)이 엇갈리는 상황에서, 즉 '오늘 소변 몇 번 보셨어요?'라는 질문에 '김치가 없어서 못 먹었어요.'라는 답변은 불통이지만, 간호사는 답변하는 대화자가 치매환자라는 사실을 이미 알고 있기에 공고한 불통은 아니라는 점을 강조하는 것이라 볼 수 있다. 불통은 슬프지만, 아름답지 않지만 상대에 대해 눈길을 거두지 않는다는 사실을 눈여겨 본 시인의 아름다운 소통이 버스 요금을 카드로 냈다고 우기다가 마지못해 오천 원 지폐를 꺼내든 노인을 비러보는 「흔들리는 마른 가지」에 까지 닿아 있음을 지나칠 수 없다.

곱게 접은 오천 원 짜리 지폐
야윈 가지에 매달려 떨고 있다
잔돈이 없다는 목소리 따라
노신사가 휘청대며 자리에 앉는다

– 「흔들리는 마른 가지」마지막 부분

여럿이 함께 하는 삶의 구도求道

앞에서 '고래'는 자유의 징표로서 꿈을 실현하는 을乙로 간
주하면서 그 을이 갑甲으로 돌변할 수 있음을 분석한 바 있
다. 노블리스 오블리쥬noblesse oblige는 권력이나 부富를
가진 사회의 지도층에 필요한 도덕적 의무를 뜻한다. '윗물
이 맑아야 아랫물이 맑다' 는 우리 속담의 뜻도 대동소이하
다. 그러나 우리 사회는 물질만능, 배금주의拜金主義에 대한
성찰의 부족으로 가진 자 / 없는 자 간의 불신과 증오가 점
증하고 있는 것이 사실이다. 권력을 가지지 못한 것, 부를 쟁
취하지 못한 것이 죄가 되거나 징벌의 대상이 될 수 없음은
명백하지만 탐욕을 버리지 못한 을乙을 정의로운 존재로 정
당화 할 수 없음도 분명한 사실이다.
우리가 버리지 못하는 탐욕의 정체는 무엇일까? 러시아의
문호文豪 톨스토이의 단편 중에 '바보 이반' 이야기가 있다.
머슴을 살던 이반에게 주인은 이렇게 말한다. '네가 달려간
곳까지 너의 땅으로 주마.' 이 말을 들은 이반은 새벽부터 밤

늦게까지 숨차도록 달려 다시 주인집 대문에 들어서는 순간 쓰러져 죽었다는 이야기. 명심보감明心寶鑑에도 탐욕을 경계하는 말이 있다. '아무리 큰 집을 가지고 있어도 누워 잠들 자리는 한 평에 불과하고 문전옥답이 있어도 하루 먹는 음식은 쌀 한 홉에 불과하다!'

시집『혼자가 아니라서 더 예쁘다』는 시인 김정희의 삶을 둘러싼 풍경과 사람들에 관한 이야기들이 중심을 이루고 있다. 자본주의의 그늘의 스산한 풍경을 그린「대신 터미널」같은 시도 있고, 변화하는 시류時流에 떠밀려가는 삶을 그린「너의 사막에도 봄은 온다」와 같은 시들, 그런가 하면 목가적 삶을 따라가는「옥천 하계리」같은 시들도 있다. ─ 여러 계열의 시들이 있으나 그 중 필자에게 인상 깊게 남겨진 시들이다─ 그러나『혼자가 아니라서 더 예쁘다』의 뼈대를 이루는 중심축으로「담쟁이의 일기」와「이 발자국 들꽃 같기를」이 두 편의 시를 주목하여야 한다고 본다. 일견 여성적 화자話者를 빌어 식물적 상상력에 의지한 서정시로 읽어도 무방하지만 이 시들을 간과할 수 없는 이유는 따로 있다. 탐욕은 누구에게나 깃들어 있는 유령과 같다. 가진 자는 더 많이 가지려 하고 가지지 못한 자는 최소한의 욕구라 자위하면서 자신의 욕구를 정당화하기 마련이다. 옛 글에 만초손 겸수익滿招損 謙受益이라 하였다. 가득 차면 흘러넘치고, 겸손하면 이익이 있다는 말인데 절욕節慾은 인간에게 있어서 넘어설 수 없는 도道의 경지일지 모른다. 그리하여 탐욕은 만드시 분쟁을 일으기고 남을 해치며 결국엔 자신을 피폐하게 만드는 원인이 된다. 물욕, 성욕, 명예

욕 등등 자신의 분수를 넘어서는 행위로 우리는 얼마나 많은 고초를 감내해야만 하는가! 이러한 탐욕은 스스로 제어하지 않으면 안 되는 문제로서 극기克己의 수행을 요구한다.

> 발자국 남기는
> 걸음 걷기가 두렵습니다
> 쏟아낸 말이 새겨진 발자국에
> 어떤 이는 눈물을 흘리니까요
>
> 한발 내딛고 좌우를 살펴봅니다
> 혹시 이발에 다친 생명이 있는지
> 발자국 때문에 상처 입은 이가 없는지
> 한발을 살며시 들었다 내립니다
>
> 다시 걷는 걸음이
> 다른 이의 아픔을 그대로 밟고 갈까봐
> 또 두렵습니다
>
> 오늘 걷는 이 한걸음은
> 누군가의 뜰에서
> 여유롭게 피고 지는
> 들꽃이 되었으면 합니다

─「이 발자국 들꽃 같기를」 전문

이 시는 공자가 설파한 인仁의 실천 방도로서 제시한 충서忠恕를 바탕으로 둔다. 충은 타인에 대한 관심과 사랑을 적극적으로 행동하는 것이고 서는 타인에게 피해나 상처를 주지 않으려는 소극적 태도이다. 시「이 발자국 들꽃 같기를」는 충보다는 서恕를 연상하게 한다. 서恕는 내가 싫어하는 일은 타인 또한 싫어하는 일일 것이므로 스스로 욕심의 행동을 거두는 것을 말한다. 수신修身이 무엇인가? 자신의 언행을 감히 두려워하는 마음 그것으로 족하지 않은가!

다음으로 「담쟁이의 일기」를 읽어보자.

내 잘못이 아니랍니다
바로 설수 없어서
기대어 섰을 뿐입니다
땅으로 내려놓지 말고
잠시만 기다려 주시면
곧 완성되는
푸른 소매가 달리 외투에
연두색단추를 달아 입혀드리겠습니다
그러면 당신도 시원하게 여름을
지낼 수 있고 비도 피할 수 있답니다
저도 그 옆에서
당신 그늘 고마워하며
같은 곳을 바라보다
혹시 그대 눈빛이 어두워진다면 내 눈이

그대가 원하는 곳으로 인도하는 안내자로
또는 친구로 하루 종일 쫑알대며
종달새처럼 곁에 머물겠습니다
잠시만 기다려 주세요

　이 시는 「이 발자국 들꽃 같기를」과 달리 충忠의 측면을 들여다보고 있다. 즉 적극적으로 이타심을 일으키고 행동하기를 권유하는 것이다. 타인의 이익을 위해 적극적으로 행동하는 이타심利他心을 추구하는 것이다. 어찌 보면 스스로 몸을 일으킬 수 없는 미미한 존재로서 담쟁이는 마땅히 상승욕구를 가져야 하는데, 담쟁이는 담벼락을 떠날 수도 없고 떠난다 하여도 이곳보다 더 낮은 바람 불고 황량한 들판의 들꽃이 되고 싶다고 한다. '오늘 걷는 이 한걸음은 / 누군가의 뜰에서 / 여유롭게 피고 지는 / 들꽃이 되었으면 합니다'('이 발자국 들꽃 같기를」 마지막 연)
　우리가 살고 있는 이 시대는 상생相生을 부르짖으면서도 탐욕의 그늘에 가려 가진 자와 가지지 못한 자의 간극이 벌어지는 불통이 심화되는 지경에 다다른 것이다. 이 점을 고려하여 볼 때 담쟁이의 삶과 들꽃의 삶은 다 같이 공생共生의 보시布施로 보아도 무방할 것이다.

　「이 발자국 들꽃 같기를」과 「담쟁이의 일기」가 뛰어난 시편이라고 말하기 전에 이 두 편의 시가 함의하는 바가 결코 가볍지 않음을 강조하는 까닭은 시집 『혼자가 아니라서 더 예

쁘다』를 통해서 김정희 시인의 시작詩作이 갖는 의의가 드러
나기 때문이다. 다시 말해서 김정희 시인에게 '시 쓰기'는 무
심한 자신의 발걸음이 뭇 생명에게 위해를 가할지 모른다는
측은지심의 강화, 시인 자신이 처한 상황에서 비롯되는 탐욕
을 제어하면서 자신의 염결성廉潔性을 가다듬는 수신修身의
실천에 있다고 볼 때 김정희 시인의 앞으로의 행로가 궁금해
지기도 하는 것이다.

독자 여러분께

저는 김정희 시인의 첫 시집 『너도 봄꽃이다』(2013), 『고래
에게 말을 걸다』(2015), 이번 『혼자가 아니라서 더 예쁘다』에
이르기까지 각 시집의 첫 번째 독자가 되는 기쁨을 누렸습니
다. 시인에게는 두 갈래 길이 있다고 보는데, 그 하나는 만고
에 남을 작품으로 문명文名을 얻는 것이고, 또 하나는 자신의
시작詩作을 자신의 삶을 기름지게 하고 겸허하게 만드는 수
행의 도구로 받드는 것입니다. 앞서도 말씀드렸습니만 예술
은 끊임없이 새로움을 창조하는데 의의를 둡니다. 다른 이들
이 걸어가지 않은 새 길을 만드는 일이지요. 그러나 매일 마
주하는 평범한 일상, 범사凡事를 바라보는 눈을 밝게 하려고
초지일관의 자세를 흩트리지 않는 사람도 있습니다. 바로 그
러한 사람이 김정희 시인이라고 생각합니다. 시인이 말하기
를 앞으로 2년 마다 꼭 시집 한 권씩 내겠다고 합니다. 그 인
연이 이어지도록 오래 함께 해야지요.

나는
산 중턱에 앉아 있는
늙은 바위
너는
그 곁에 서서
솔방울 날리는 노송

천년을 돌고 돌아
친구로 만나
두 손을 맞잡고
바라보고 있다

서너 달 남았으니
낯선 세상으로
여행을 준비하라는 말에
아무것도 할 수 없어
말없이 서있다

툭툭 비로 내리는 너를 안아
기지개 켜는 봄 햇살 아래
가만히 내려놓는다

오늘

내가 지은 밥 한 끼 같이하고
오랜 시간 뒤
나는 아름드리나무
너는 곁에서 노닥이는 종달새
다시 만나
깔깔깔 놀아 볼가나

– 「인연」 전문

혼자가 아니라서 더 예쁘다

김정희 지음

발 행 처 · 도서출판 청어
발 행 인 · 이영철
영   업 · 이동호
홍   보 · 이용희
기   획 · 천성래
편   집 · 방세화
디 자 인 · 이수빈
제작이사 · 공병한
인   쇄 · 두리터

등   록 · 1999년 5월 3일
(제1999-000063호)

1판 1쇄 인쇄 · 2019년 10월 10일
1판 1쇄 발행 · 2019년 10월 20일

주소 · 서울특별시 서초구 남부순환로 364길 8-15 동일빌딩 2층
대표전화 · 02-586-0477
팩시밀리 · 0303-0942-0478

홈페이지 · www.chungeobook.com
E-mail · ppi20@hanmail.net
ISBN · 979-11-5860-695-4(03810)

이 도서의 국립중앙도서관 출판시도서목록(CIP)은 서지정보유통지원시스템 홈페이지
(http://seoji.nl.go.kr)와 국가자료공동목록시스템(http://www.nl.go.kr/kolisnet)
에서 이용하실 수 있습니다.(CIP제어번호: CIP2019037572)